REFLEXIONS CRITIQUES

SUR UNE ODE,

Composée par le Pere ESTIENNE MACHERET *de la Compagnie de* JESUS.

A COLOGNE

Chez PIERRE GROTH.

1699.

CETTE Ode qu'on vient de reimprimer étant tombée par hazard entre mes mains; je n'ay pû la lire fans en être indigné, & fans prendre en même temps le deffein d'y faire quelques reflexions, afin que ceux qui les liront, foient avertis de fuir la lecture des Poëfies des Iefuites, ou de les lire avec beaucoup de precaution. L'Autheur de cette piece n'eft pas le premier des Iefuites qui ait defhonoré les chofes facrées par des applications toutes profanes. Le Pere le Moine fon confrere luy en avoit donné l'éxemple dans fon Traité de la devotion aifée; & luy, il l'a laiflé aux Peres Bouhours & Meneftrier, qui l'ont fuivi fort fidelement, l'un dans fes Devifes, & l'autre dans fes Infcriptions. Comme ceux-cy ont receu une confufion publique de leurs excés facrileges dans des critiques imprimées; nôtre autheur merite encore moins d'être épargné; d'autant plus que fon ouvrage eft encore plus impie que ceux de fes confreres que je viens de nommer, & que, felon toutes les apparences, fa faute n'eft pas celle d'un particulier, mais la faute de plufieurs qui ont travaillé de concert avec luy.

L a Reflexion generale que l'on peut faire fur cette Ode ; c'eft qu'il fuffit d'avoir du bon fens pour être choqué du galimatias qui s'y trouve par tout ; & d'être Chrétien pour avoir de l'horreur de l'impieté qui y eft meflée en beaucoup d'endroits. Les amis des Iefuites à qui on l'a communiquée, fe font d'abord recriés à l'impofture, tant les excés leur en ont paru énormes. Il a fallu les convaincre par des imprimés de 1654. qui font confervez dans quelques Bibliotheques ; & encore n'ont-ils voulu fe rendre qu'aprés avoir parlé à quelqu'uns de ceux qui ont fervi d'Acteurs pour reprefenter cette piece de Theâtre. Et pour empêcher qu'on n'accufe de fuppofition ce qui n'a été que trop réel, on a jugé à propos de donner icy le Titre du Programme, le nom de l'Imprimeur, & la lifte des Acteurs. Les voicy.

LE LIS

(*A*) SACRE' ROY DES FLEURS,

O U

LE SACRE DE LOUIS XIV.

Avec les avantages qu'en doit atten-
dre la France, & toute l'Europe.

(*B*) *Representé devant sa Majesté dans*
le College de Reims , de la Compagnie de
JESUS , le   *Juin 1654.*

A REIMS,

Chez la Veuve Bernard imprimeur ordi-
naire du Roy : ruë Saint Eftienne,
au Grifon d'Or.
____
M. DC. LIV.

Reimprimé en 2699. au mois de Janvier.

L'Ode devoit faire l'Epilogue, & fer-
mer le Theatre.

A 3

Les Acteurs de l'Acte qui devoit preceder l'Ode, furent

SUSANDRE.

NICOLAS DELESTRU   de Guise.

FLORE DE'ESSE DES FLEURS.

EUSTACHE DE CONFLANS   de Vezilly.

CLORIS.

IACQUES FAVART   de Reims.

NARCISSE.

(C) OGER PINTEREL de Château-Tierry.

ALIANTE.

LANCELOT THIERRY   de Reims.

RHODANTE.

IEAN D'ESTRU   de Laon.

MERCURE.

(C) NICOLAS AUDRY   de Reims.

LES ZEPHIRS.

FRANÇOIS CAUCHON   DE L'HERY.
LOUIS LE PICARD   de Sevigni.
NICOLAS ROLAND   de Reims.
NICOLAS MARLOT   de Reims.

L'AMOUR CELESTE.

IEAN BAPTISTE METEL   d'Espernay.

Susandre, ou le Lis, étoit pour sa Majesté.
La Déesse des Fleurs,   pour la Reyne.
Narcisse,   pour Mr. le Duc d'Anjou.
Aliante, ou la Tulippe,   pour la France.

REFLEXIONS.

(*A*) Sotte & fade allufion ; fupportable dans un Homere, mais indigne d'un Religieux, qui doit toûjours parler avec refpect, & ferieufement de nos ceremonies faintes, telle qu'eft le Sacre de nos Rois.

(*B*) C'eft une fauffeté toute pure. Le Roy ne s'y trouva pas. Ce fût un bonheur pour les Iefuites, car la piece affeurement n'étoit guere propre à donner au Roy, & à toute fa Cour un haute idée de leur habileté, & de leur Religion.

(*C*) A l'égard des Acteurs, il n'y a qu'une chofe à remarquer, c'eft que quelqu'uns d'eux étoient deguifés en Filles, ce qui eft deffendu par les Loix divines & humaines. On pourroit encore ajoûter que fi Pinterel & Audry dont il eft parlé dans la lifte des Acteurs, font les deux Iefuites qui portent ces noms ; le premier n'a pas été fi fou que Narciffe pour s'aller noyer par amour propre, mais qu'il a cherché des voyes moins cruelles pour éteindre fes feux. Et pour le fecond, qu'il a été le veritable Mercure du peché philofophique, l'ayant porté par tout, où fes Superieurs l'ont envoyé.

ODE
AU ROY

SUR SON SACRE,

Chantée fur le Theatre du College de Reims, de la Compagnie de JESUS, le   de Juin 1654.

L ORS que pour l'Augufte Baptême
Du premier Chrêtien de nos ROYS,
Les LYS pour devenir François,
Nous changerent (1) leurs pleures en ces goutes
    de Chrême :
L'Archange qui fût le porteur
De cette divine liqueur,
Pour luy donner du prix, (2) eût ordre de
    fe taire,
(3) Mais dés ce même tems l'on m'avoit
    ordonné
(3) D'enoncer aujourd'huy ce precieux
    (4) Myftere
Et ce qu'eft à mon ROY cette huile [5] DIEU-
DONNE'

REFLEXIONS.

(1) Fiction ridicule, que le Poëte luy-même abandonne presqu'aussitôt qu'elle est entrée dans son imagination. Il est si peu content de ces pleurs imaginaires de Lis dont il remplit la Ste. Ampoule, qu'il l'apelle, deux lignes plus bas, une divine liqueur apportée par un Archange On ne trouve pas à redire que les Iesuites s'appliquent à la Poësie, mais on souhaitteroit qu'ils fussent des Poëtes Chrétiens, semblables à un S. Gregoire de Nazianze, & non pas des Poëtes profanes, tels qu'un Ovide & un Catule.

(2) Qui a jamais oüi parler que le silence d'un Ange donnât du prix aux choses? Quoy la Sainte Ampoule en valût mieux, parce que le Ministre celeste qui l'apporta, n'en dit rien? On est persuadé au contraire que l'Eloge qu'il en auroit fait, l'auroit renduë infiniment plus recommandable que toutes les fictions chimeriques, & les vains discours de nôtre Autheur.

(3) Chose admirable! *Vn Archange eût ordre de se taire, & un Iesuite reçût en même tems* ordre de parler, plus de mille ans avant sa naissance. La gasconnade est jolie. Elle est un peu forte; mais ce n'est

pas une affaire. On ne s'étonne pas de voir un efuite vain.

(4) Il faut remarquer que le *pretieux Myfere* dont on parle, eft celuy de voir des Pleurs de Lis changées en Chrême, devenir une divine liqueur dont ont devoit facrer nos Roys ? quel *Miftere du Ciel*, bon Dieu ! Difons plûtôt que c'eft une folle penfee d'un Poëte qui tourne en ridicule le Sacre de nos Roys.

(5) Que veut dire cette expreſſion, *cette Huile Dieu-donné*. On ne voit pas à quoy peut fervir à nôtre Poëte ce mot *Dieu-donné*. Car il ne peut le rapporter, ou qu'à nôtre Augufte Monarque qui, comme tout le monde fçait, fùt appellé *Dieu-donné* dés fa naiffance, & en ce cas, il y auroit dans le vers une tranfpofition vicieufe & contraire aux regles du langage: ou bien à *l'Huile*, & pour lors il auroit fallu mettre *Dieu-donnée* au feminin. Mais la rime neùt plus rien valu. Ainfi de quelque côté qu'on fe tourne la rime y manque, ou la raifon. Voila pourtant le Poëte que la Societé avoit choifi pour donner au public une piece digne de l'action la plus éclatante qui fe paffe en France.

(6) L'on nous dit que la Providence,
Ou que son Archange (7) moteur
(8) Süa cette auguste liqueur
Sous le poids souverain des grandeurs de la
*   France ;*
Que de ce doux écoulement
Il consacra le fondement
Qui devoit soûtenir sa structure (9) éter-
*   nelle :*
Et qu'encor maintenant cette même Onction
Nourrit de son odeur cette Lampe (10)
*   immortelle*
Qui veille jour & nuit à sa protection.

REFLEXIONS.

(6) Le Iesuite a eu raison de ne prendre qu'un on pour son garand. Il auroit eu peine à trouver un autre autheur, si ce n'est parmi ses confreres, qui eût deviné si bien que luy.

(7) *Son Archange moteur.* Quel jargon! Quelques Peres de l'Eglise nous ont dit que Dieu se servoit de ses Anges pour mouvoir les Cieux. Mais dire que *la Providence à son Archange moteur.* C'est ce qui est inintelligible.

(8) On donne bien des Origines à la Ste. Ampoule. C'étoit un Chrême composé *des pleurs des Lis,* il n'y a qu'un mo-

ment, & c'eſt maintenant la *Sueur de la Providence, ou de ſon Archange moteur.* On ne peut parler ainſi ſans avoir l'imagination troublée, ou une fauſſe idée de la divinité. C'eſt donner un Corps à Dieu qui n'en a point; c'eſt tourner en ridicule la Providence que de la faire *ſuer ſous le poids*; c'eſt être impie que de nous depeindre Dieu comme un Porte faix qui diſtille la ſueur ſous un fardeau qui l'accable. Quoy *la Providence* eſt ſi chargée du poids des grandeurs de la France, qu'elle en a *ſué la liqueur* dont eſt remplie la Ste. *Ampoule* ? Quand on n'appliqueroit cette ſotte penſée qu'à l'Archange ſeul, rien ne ſeroit plus impertinent; mais de l'attribuer à *la Providence*, c'eſt ce qu'on ne peut entendre ſans horreur.

(9) Quelque libre que ſoit la Poëſie, elle n'empeche pas de parler correcte-ment. *Vn poids ſouverain, & une ſtructure de la France* ſont des mots barbares dans les endroits où ils ſont placez. Mais le moyen de parler juſte quand on penſe mal? On trouve une infinité de ces ſortes de defauts de langage dans toute la piece; qu'on ne s'eſt pas amuſé à critiquer.

(10) Pour moy, j'avoüe franchement que je n'entends rien aux trois derniers Vers de cette Strophe. Il faudroit en reſ-

suſciter l'autheur pour nous l'expliquer.
Un homme qui a receu des ordres *d'énon-*
cer des Miſteres plus de mille ans avant ſa
naiſſance, ne pourroit il pas nous donner le ſens de ſes productions aprés ſa
mort ? peut-être que cette illuſtre autheur
eſt encore en vie. Quoy qu'il en ſoit ; je
demande ſi l'on ſçait ce que ce peut être
que *cette lampe immortelle qui veille à la*
protection de la France nuit & jour ; & qui
encore aujourd'huy eſt nourrie par la ſeule
odeur de l'onction de la Ste. Ampoule.

(11)   *Ce Chriſtianiſme liquide*
Et ce Royaume (12)   *diſtillé*
(13)   *Attache ſon eſprit aiſlé*
Et tient comme captif l'Ange qui luy preſide.
(14)   *Les graces, les Zephirs des cours,*
Les Victoires & les Amours
S'y trouvent (15) *arreſtez par l'aiſle qui les*
porte,
Et les oyſeaux d'Autriche ou battus ou rangez,
Montrent que ſa vertu ne ſeroit que trop forte
Pour y tenir tous ceux de l'Empire engagez.

REFLEXIONS.

(11) Impieté toute pure. La Ste. Ampoule n'eſt pas *le Chriſtianiſme.* Ne faut-
il pas être extravagant pour liquifier une

Religion ? De toutes les qualitez de Poëte, l'autheur femble n'avoir retenu que celle de fou

(12) Il n'y a qu'un efprit alambiqué qui puiffe qualifier l'huile dont on fe fert pour oindre nos Roys , *Vn Royaume diftillé*.

(13) Une liqueur peut elle attacher quelque chofe ? Quoy la Ste. Ampoule *tient un Ange comme captif*, & on nomme cet Ange *un efprit aiflé* ? Ce ftile eft tres-fottement ampoullé , & on ne le peut nommer poëtique, à moins que l'on ne convienne que les Poëtes Iefuites ont droit d'écrire en depit du bon fens.

(14) Le Chriftianifme nous défend de joindre enfemble le Sacré, & le profane. Cette Loy nous avoit été figurée par celle que Moyfe fit de labourer la Terre avec des animaux de differentes efpeces. On voit icy neanmoins cette alliance monftreufe éclatter par tout. Les Graces , les Zephirs, les Amours étoient autant de Divinitez payennes. On ne craint pas cependant d'en faire icy une rapfodie avec la divine Providence , les Archanges &c. Si le Iefuite avoit fait une piece toute payenne , on fe contenteroit de dire que plein de fictions poëtiques ce Religieux du Chriftianifme a écrit comme auroit fait un autheur ido-

lâtre, & d'une maniere indigne de son ca-
ractere, Mais quand on voit un meslange
de ce que la Religion la plus fausse a eu
de plus ridicule, avec ce que la seule veritable Religion a de plus saint & de plus
sacré ; en verité on ne peut avoir que de
l'exécration d'un excés si horrible.

(15) Le reste de cette strophe n'est qu'-
un tissu de galimatias & d'impertinences.
Vous diriez que l'huile de la Ste. Ampoule
est une glüe qui attache & arrête les es-
prits, & les corps, bons & mauvais, les
Amours, comme les Anges.

Pour te peindre (16) *une belle Histoire*
Des merveilles de ta valeur ,
Cette Huile seule sans couleur
T'en fera le tableau d'une illustre memoire :
Son auguste temperamment
Est un rare adoucissement
De la Divinité dont tu porte l'empreinte ,
Ses grands lineaments n'ont paru jamais mieux
Et les siécles passez n'ont jamais veu mieux
peinte
Sur un visage d'homme une image de DIEV.

REFLEXIONS.

(16) Cette strophe n'est pas si impie
que les precedentes, elle parle un langage

aſſez Chrétien; mais ſes abſurdités ſont
en grand nombre. *Vne huile ſans couleur;
peindre un tableau d'une illuſtre memoire;
l'auguſte temperament d'une huile, qui eſt un
rare adouciſſement de la divinité; les grands
lineaments de cette divinité.* Qu'eſt-ce que
tout cela ſignifie ? Peut on parler ainſi
ſans extravagance?

    (17) *Mais avec que cette alliance*
De lineament & de trait,
L'un & l'autre dans ce portrait
Ont les charmants rapports d'une autre reſ-
      ſemblance :
JESVS & LOVIS couronnés
Tous deux nous ſont des DIEV-DONNEZ
L'un eſt le FILS AISNE', l'autre ES-
      POVX de l'Egliſe ;
Et pour parachever cette grande vnion ,
Par le Titre commun d'une même deviſe
Qu'ils ont de fils de DIEV : ſont freres
      d'Onction.

REFLEXION.

    (17) C'eſt icy où l'on voit le comble
de l'impieté la plus odieuſe. Il y a long-
tems que l'on a dit que les Ieſuites n'a-
voient point de Dieu plus cheri que le
Souverain, l'orſqu'il leur fait du bien.

On n'a pas oublié ce qui ſe paſſa, lorſque ces bons Peres ôterent le nom de IESUS qui étoit ſur le Portail du College de Clermont à Paris, pour y ſubſtituer les Armes de ſa Majeſté On les paya comptant par les deux Vers qui ſuivent.

Suſtulit hinc Jeſum, poſuit que inſignia Regis Impia gens, alium non habet illa Deum.

Au temps du Sacre du Roy, les Ieſuites avoient deux Dieux, au lieu d'un; IESUS, & Loüis XIV. mais ſi reſſemblans dans le portrait qu'ils en firent pour lors, qu'à peine les diſtinguoient-ils. Voicy en Proſe ce portrait que l'on vient de lire en Vers. *JESVS, & Loüis par une alliance des traits de la divinité ont de charmants rapports de reſſemblance. Ils ſont tous deux couronnez, & tous deux des Dieux-donnés. L'un eſt le fils aiſné de l'Egliſe, & l'autre en eſt l'époux. Leur vnion eſt ſi grande que par le titre commun d'une même deviſe, ils ſont tous deux fils de Dieu, & freres d'Onction.*

La ſeule explication de ce parallelle ne fait-elle pas horreur? Eſ ce ainſi que des Chrétiens, des Religieux diviniſent des hommes? Eſ-ce ainſi que par une flatterie ſacrilege on tâche de s'inſinuer dans l'eſprit des Princes, en les égalant à Dieu, dont ils ne ſont que les eſclaves? Nôtre

pieux Monarque étoit à lors trop jeune,
& trop occupé d'autres affaires, pour a-
voir fait reflexion fur une telle impieté.
Mais on connoît aſſez ſa Religion pour
être aſſeuré qu'il ne ſouffriroit pas de
tels excés, s'ils luy étoient connus. N'eſ-
ce pas ſapper la Religion Chrétienne par
le plus ſolide fondement, de vouloir que
nous jugions de I. C. par la perſonne d'un
Roy du ſiécle? il ſuffit d'être Chrétien,
pour être ſcandaliſé, & indigné d'un parallelle ſi affreux. Que doit-on penſer de
ceux qui en ſont les autheurs? Dieu s'eſt
donné luy même à nous en la perſonne de
I. C. & il a donné un Roi à ſon Peuple
en la perſonne de Loüis XIV Peut-on de
là dire ſans blaſphême que IESUS, & Loüis
ſont tous deux des *Dieux-donnés*. Le Roy
eſt-il *fils aiſné de l'Egliſe*, comme IESUS C.
en eſt l'époux, pour comparer enſemble ces
deux qualitez? Peut on les appeller tous
deux *fils de Dieu, & freres d'onction*, ſans
attribuer à un ſimple homme, ce qui n'a-
partient qu'à un homme-Dieu?

C'eſt à cette Onction ſuprême
Où Dieu (18) t'éleve comme luy,
Celle qui te ſacre aujourd'huy
Eſt un écoulement du reſte (19) de ſon Chrême,
C'eſt là ton auguſte attribut

C'est le souverain preciput
Qui te met au dessus des têtes (20) Monar-
chiques ;
(21) Leur Titre ne va point où t'éleve le sien,
Tous les ROYS ses sujets sont bien tous Ca-
tholiques ;
Mais toy comme son fils , est tout seul tres-
Chrétien.

REFLEXIONS.

(18) On continuë dans cette strophe la même impieté que dans la precedente, en continuant d'égaler Loüis XIV. á I. C. l'Onction suprême, dit nôtre Poëte, qui éleva le Sauveur du monde à la souveraineté de toutes les creatures, a procuré la même élevation à nôtre Monarque. Car on ne peut donner d'autre sens à ces paroles blasphematoires adressées à un jeune Roy : *Dieu t'éleve à l'Onction suprême comme Jesus-Christ.* Qu'elle flatterie , grand Dieu !

(19) Le Iesuite a si peur qu'on ne donne pas dans toute l'étenduë de son impieté, qu'il aime nieux dire une sottise tres-absurde, que de ne pas faire un parallelle parfait. Il ajoûte que l'onction dont le Roy a été sacré ; *n'est qu'un écoulement du reste du Chrême dont J. C. a été oint.* Quelle extravagance ?

(20) Cependant : comme fi on avoit dit les plus belles chofes du monde , ceft fur l'identité de ces deux onctions que l'on fonde *l'augufte attribut · & le preciput fouverain qui éleve fa Majefté au deffus de toutes les têtes couronnées , ou monarchiques.* Il n'y a que Dieu & I. C. qui foient au deffus des Roys en la maniere qu'on l'entend icy ; Dieu par fa nature, & I. C. comme étant homme & Dieu. Attribuer cette fuperiorité fuprême à Loüis XIV. comme on l'attribuë à I. C. c'eft faire de Loüis XIV. un homme-Dieu ; qui ne pourra être que le Dieu des Iefuites François , puifqu'il n'y a jamais eu qu'eux qui fe foient avifez de luy donner un femblable attribut. On eft bien feur que fa Majefté n'y confent pas.

(21) Que de galimatias dans ces trois derniers Vers ! il me femble qu'on ne leur peut point donner d'autre fens que celuy-cy. *Le Titre des teftes Monarchiques ne va pas où celuy de Dieu éleve Loüis XIV. Tous les autres Roys qui font les fujets de Dieu, font à la verité tous Catholiques : mais Loüis XIV. qui eft fils de Dieu étoit tout feul tres-Chrétien.* Bon Dieu que d'impertinences en ce peu de paroles ! Eft-ce donc que le Roy a le même Titre que Dieu, & qu'il eft comme luy le Souverain des Souve-

rains? horrible impieté. Que si on pretend seulement que ce Monarque parti-
cipe en quelque sorte à la souveraineté de
Dieu , quoy que d'une maniere tres-im-
parfaite ; cette participation ne luy est-
elle pas commune avec tous les Roys de
la Terre ; chaque Prince n'est il pas autant Souverain dans son pays, que Loüis
XIV. en France? ce Monarque n'est-il pas
tout autant le *Sujet de Dieu* que tous les
autres? la qualité de *fils aisné de l'Eglise*
l'empeche-t'elle d'étre *Sujet* de Dieu. Les
autres Princes Chrêtiens ne sont-ils pas
enfants de Dieu dans le même sens que
Loüis XIV. le peut être , & que Saint
Paul nomme tous les Eslus ? N'y-a t'il
que les Roys *Catholiques* qui soient sujets
de Dieu ? les Princes mêmes infidelles ne
sont-ils pas soûmis à son Empire divin.
Quoy qu'on donne au seul Roy de France
la qualité de *tres-Chrétien* , peut-on dire
qu'il est *tout seul tres-Chrétien* On n'en a
que trop veu qui ne l'étoient que de nom,
pendant que sur d'autres Thrônes il y en
avoit qui étoient *tres-Chrétiens* , sans en
porter la qualité. Voila où se guinde l'i-
magination égarée de nôtre autheur , qui
croit que pour être Poëte françois , il
suffit de rimer , & de dire des choses
extraordinaires , fussent-elles les plus

grandes abſurditez du monde.

Ce Baume diſent les Oracles
S'écoule (22) du Chef en la main,
Mon ROY s'y trouve plus qu'humain (23)
Et ſes attouchemens (24) ſont autant de Mi-
racles,
Cette Huile à ſon temperamment (25)
Formé d'un double SACREMENT
Dont chacun à l'effet d'une grace Divine;
L'un donne à ton Eſtat ſa CONFIR-
MATION (26)
L'autre eſt à l'ennemy le poids (27) de ſa
rüine,
Et proche de ſa mort ſon EXTREME-
ONCTION.

REFLEXIONS.

(22) On a ſans doute voulu faire al-
luſion à çes paroles du Pſeaume 132. *Si-*
cut unguentum in capite quod deſcendit in
barbam, barbam Aaron. Mais l'applica-
tion qu'on en fait, eſt ridicule & imper-
tinente. Quoy l'Oracle de David s'éten-
doit juſqu'à la Sainte Ampoule ? Quoy
la barbe d'Aaron, & la main de Loüis
XIV. ſont une même choſe ? Eſt-ce ainſi
que l'on tourne l'Ecriture Sainte, &
qu'on l'expoſe à la raillerie des libertins,

& à la risée des infidelles ?

(23) Un Roy *plus qu'humain* est au moins un demi-Dieu. Qui ne conclura pas de cette expression, en vertu de ce qui precede, que le Roy des Iesuites est aussi bien que I. C. *un homme-Dieu*. La continuation du parallelle doit naturellement donner cette idée.

(24) Saint Marc nous apprend dans son Evangile que tous ceux qui touchoient I. C. étoient gueris de leurs infirmitez : *Quot quot tangebant eum, salvi faciebant.* [Marc. 6. 56.] & le Iesuite nous dit que les attouchemens du Roy font autant de Miracles. La comparaison n'est elle pas juste ? On ne pretend pas par là neantmoins revoquer en doute le pouvoir qu'ont nos Roys de guerir les Escroüelles.

(25) Ie ne m'arreste pas à faire remarquer que l'expression dont on se sert icy, est tout à fait ridicule. Qui a jamais oüi parler qu'une Huile ait un *temperament*, ny q'un temperament soit formé d'un *double Sacrement* ? Iay des reflexions à faire qui font plus importantes. On trouve icy une nouvelle forte d'impieté fort préjudiciable à la Religion Chrétienne. Elle ne reconnoît que sept Sacrements instituez par I. C., Ce-

pendant fi nous en croyons l'autheur de l'Ode , l'Onction dont on facre nos Roys , en eft un huitiéme compofé de deux autres , qui ont chacun par fon moyen *l'effet d'une grace divine*. N'ef-ce pas là établir un nouvel Evangile ; N'ef-ce pas là donner prife fur nous aux heretiques , qui diront , que felon les Iefuites , on doit raifonner de quelqu'uns de nos Sacrements , comme du Sacre de nos Roys ? Ef-ce là l'ufage qu'on doit faire de ce qu'il y a de plus Sacré , & de plus faint dans l'Eglife ?

[26] L'on peut dire avec juftice que le Sacre de nos Roys les confirme dans leur Souveraineté. Mais faire de cette *Confirmation* un *Sacrement* ; Mais la mettre en parallelle avec *le Sacrement de Confirmation* , qui nous rend parfaits Chrétiens , & qui par fa propre vertu, nous confere la grace de confeffer la Religion de I. C. C'eft fe railler du Chriftianifme , & fournir des armes aux Calviniftes , qui ne veulent point regarder la Confirmation comme un veritable Sacrement. Ils auroient raifon , fans doute , s'il ne l'étoit pas davantage , que la Confirmation que nos Roys reçoivent dans leur Sacre. C'eft être confirmé en folie & en impieté que de

parler

parler comme fait l'hautheur

(27) Quel jargon eſt-ce là ? *un Sacre-*
ment qui eſt à l'ennemy le poids de ſa ruine ;
la jolie choſe qu'un Sacrement donné à
un Prince pour la ruine des ennemis de
ſon Etat. On pardonneroit neantmoins
le defaut de bons ſens au Ieſuite, s'il
avoit au moins de la Religion. Eſt-ce
en avoir que de ſe joüer du Sacrement
d'Extreme Onction , comme on vient de
faire de celuy de *Confirmation* ? I en laiſſe
juges tous les Chrêtiens.

Mais ſon plus (28) glorieux uſage
Eſt que ſa (29) vigoureuſe odeur
Inſpire un eſprit de valeur
Et fait vivre le cœur d'une ame (30) de
        courage :
C'eſt la noble (31) ſueur de Mars,
Et celle que dans les hazards
De tant de grands combats , de tant de
        belles courſes,
La victoire a tiré du front de tes guerriers
Dont encor maintenant les glorieuſes ſources
Fertiliſent le champ , où croiſſent tes Lau-
        riers.

(28) Nous avons veu juſqu'à pre-
ſent que le Poëte a relevé l'Onction
qui ſacre nos Roys , juſqu'ì luy attribuer par une impieté puniſſable , la vertu

des Sacrements ; le pouvoir de rendre plus qu'humain, & de faire autant de miracles que d'attouchements ; le droit d'élever audessus de tous les autres Souverains, & le Privilege d'egaler nôtre Augufte Monarque à I. C. peut-on concevoir des ufages plus glorieux à cette Onction ? ce pendant nôtre Iefuite leur prefere encore celuy de la valeur, qu'il nomme *fon plus glorieux vfage.* Il eft donc, felon luy, *plus glorieux* à un Prince Chrétien d'avoir de la valeur, que de reffembler à I. C. ; de faire des miracles &c. Tout le monde ne conviendra pas de cette maxime. Auffi n'eft-il rien tel que le jugement des Iefuites, ils connoiffent le prix des chofes.

(29) *Vne odeur vigoureufe d'huile qui infpire de la valeur.* La riche penfée ! apparemment que nôtre Poëte avoit le nez bon, & l'ame facile à s'enflammer, puifqu'il croyoit qu'une fimple odeur d'Onction infpiroit tant de courage. Pardonnons luy, il avoit befoin d'un terme pour rimer avec valeur : celuy d'Odeur luy a paru tres-propre ; pourquoy ne s'en feroit-il pas fervi ?

(30) Cette ftrophe eft feconde en belles expreffions. En peut-on voir une

plus jolie que celle-cy ? *Vne ame de courage dont on fait vivre le cœur.* Oh oüy asseurement : rien de plus digne de nôtre autheur.

(31) On s'est recrié cy dessus contre l'extravagance de nôtre Poëte qui nous figuroit l'Huile de la Sainte Ampoule comme *une sueur* qui étoit sortie du Corps de *la Providence* , ou *de son Archange moteur* ; maintenant on se recrie contre son impieté qui nous la metamorphose en la *sueur du Dieu Mars.* Faut-il être d'une humeur bien chagrine & bien critique pour être scandalisé de cette expression ? Les libertins pourroient-ils se joüer des choses Sacrées avec plus de mépris. Nous venons de remarquer que nôtre autheur fait de l'Huile de la Sainte Ampoule un huitiéme Sacrement ; & cette Huile , selon ce qu'il nous conte icy, n'est autre chose que la *sueur de Mars*; c'est donc la *sueur du Dieu-Mars* qu'il a élevé à la qualité de Sacrement. Quelle profanation!

(32) *En cette lice souveraine*
Où l'on voit combattre les ROYS,
S'il te faut subir quelquefois
Le hazard du combat & le sort de l'arêne

Animé de cette liqueur
L'Europe te verra vainqueur
Terraſſer l'ennemy dans toutes les campagnes:
Et luy reduit enfin aux extrêmes abois
Agrandir de la peau du Lion des Eſpagnes
L'habit imperieux de l'Hercule gaulois.

REFLEXION.

(32) Si toutes les ſtrophes de l'Ode avoient reſſemblé à celle-cy, on n'auroit pas pris la peine de mettre la main à la plume, pour y faire des reflexions. Elle eſt fort ſottement tournée, on ne s'en étonne pas. Les bons autheurs en toutes matieres ſont aſſez rares dans la Societé. Mais au moins il n'y a pas d'impieté, ny d'irreligion. Ainſi on auroit laiſſé enſevelies dans l'oubli ces ridicules expreſſions : *Lice ſouveraine* ; *ſort de l'arêne* ; *animé de la liqueur d'une Onction* ; *habit imperieux &c.* avec le peu de ſens qu'il y a dans la conſtruction des phraſes.

(33) *Lors que pour faire un DIEV*
propice
Mon ROY luy rend un DIEV-DONNE'
Et dans un ſubjet Couronné
Preſente avec ſon cœur ſon plus beau Sacrifice;

Ce grand Dieu juſtement jaloux
De ces feux ſi beaux & ſi doux
Qu'allume ſon amour de dans cette grande
    ame ,
Afin d'entretenir plus agreablement
Et cette douce odeur , & cette belle flâme
Preſente à tous les deux ce Baume en
    aliment.

REFLEXION.

(33) Ny les penſées , ny les vers , ny les expreſſions de cette ſtrophe n'é-toient pas aſſez juſtes , ny aſſez nobles pour être renduës publiques dans une action auſſi celebre que celle dans laquelle on vouloit relever le Sacre d'un Roy. Tout devoit être ſublime & excellent pour une telle ſolemnité ; & tout eſt icy bas , rampant , & obſcur. Faut-il s'en êtonner ? un Jeſuite qni veut parler de devotion , ne dit ordinairement rien qui vaille , ſur tout quand il eſt Poëte.

(34) Lors que les vents qui font l'orage
Et de la Mer un grand cercüeil
Soufflent de deſſus un eſcüeil
L'eſprit ſeditieux & l'ame du naufrage,
Le pilote en bleſmit de peur ,

Jusques à ce qu'une vapeur
Les abat en tombant & calme leur furie,
Eux-mêmes ensevelis dans ces vastes Tom-
beaux
Nous montrent qu'il ne faut qu'une goutte
de pluye
Pour applanir le creux & l'abysme des eaux.

REFLEXION.

(34) Passe pour cette strophe, quoy-qu'elle ne soit pas sans defauts, & que ç'en soit un essentiel contre la Poesie, que de faire la moitié d'un vers Alexandrin de ces paroles : *eux-mêmes ensevelis.* Parce que mêmes étant au plurier, ne peut souffrir d'élision. J'aurois pû remarquer quantité de ces fautes dans les vers precedents ; Mais mon dessein a été moins de faire connoître que l'autheur étoit un méchant Poëte, que de montrer qu'il n'écrivoit pas en bon Chrétien.

Bien mieux, la funeste tempeste,
Où l'Europe a presque (35) abismé
Verra son Orage calmé
De l'Huile souveraine qui coule de ta tête:
Cette tranquille effusion
De Paix autant que d'Onction,

Portera la bonace avec son étenduë ;
Déja les Alcions m'en semblent réjoüis ,
Et chanter que ton Nom est une Huile
   espanduë
Qui nous promet ce bien du Sacre de
  LOVYS.

REFLEXION.

(35) Nôtre autheur soûtient jusqu'à la fin l'heureux talent qu'il a pour la Poësie , & la parfaite connoissance qu'il a de nôtre Langue. Et ainsi il dit sans façon : *l'Europe a presque abimê*, au lieu de *l'Europe a presque été abîmée. Calmé de l'Huile souveraine , pour calmé par l'Huile souveraine.* Un Poëte mediocre chercheroit au moins des Epitethes qui eussent quelque rapport aux choses aux quelles elles sont jointes. Mais il n'y regarde pas de si prés , pourveu que ces Epitethes luy fournissent de quoy achever ses vers , il est content. *Souveraine Huile , tranquille effusion,* & ces termes *avec son étenduë* que l'on joint *à Bonace ,* n'en sont-ce pas qui designent bien les qualitez des choses aux quelles on les applique ?

Aprés que de cette Phiole
Cette mere (36) goutte de Paix
Aura fait couler ces biens-faits
De ton Chef consacré sur l'un & l'autre
Pole :
Aprés la liberalité
De cette Huile de Majesté
Q'aura faite pour toy cette Ampoule divine
Elle attend pour remplir le vuide qu'elle
avoit
Que tu feras suer toute la Palestine (37)
Et luy contribuer les tributs d'Olivet.

REFLEXIONS.

(36) On a bien de la peine à dé-
broüiller le sens de cette strophe. La
Langue Françoise ne souffre point de
transpositions qui fassent des sens équi-
voques. Pour entendre ce qu'on veut
dire dans les quatre premiers vers, il
faut faire ainsi la construction : *Aprés*
que la Mere-goute de Paix de la Sainte
Ampoule aura fait coûler de ton Chef
consacré ses biens-faits de l'un à l'autre
Pole. Qu'on juge par là si la construction du François dans les Vers est sup-
portable, & répond au genie de nôtre
Langue, qui est d'exprimer nos pensées
autant que l'on peut ; dans le même

ordre qu'on les conçoit. Eſt-ce encore
parler François que de dire : *luy contri-*
buer les tributs d'Olivet . pour ſignifier
que Loüis XIV. contraindra la Paleſtine
de contribuer par maniere de tribut des
Huiles qui ſe tirent des Olives de ſes
Iardins , pour remplir la Ste. Ampoule?

(37) On ne ſçait ſi le Ieſuite n'a pas
eu deſſein de tourner en ridicule la Ste.
Ampoule : mais on ſçait bien qu'il ne
pouvoit pas y mieux reüſſir. Peut-on
ſans rire l'entendre nommer une Mere-
goute de Paix , & une Huile de Majeſté ? peut-on garder ſon ſerieux, lorſ-
qu'un Ieſuite dit ſerieuſement que cette
Ampoule *attend* que le Roy *remplira ſon*
vuide des ſueurs de la Paleſtine , & des
tributs d'Olivet. Une penſée auſſi bou-
fonne , auſſi groteſque , auſſi burleſque
devoit-elle ſortir de la bouche d'un Religieux dans la præconiſation du Sacre
de nos Roys. ——

Enfin cette Huile ſouveraine
Te ſera le Dieu de (38) *ton ſort*
Ses embuſches & (39) *ſon effort*
Se verront au deſſous de ce premier Domaine :
Juſqu'à tant qu'au jour ordonné
De Myrrhe & de Laurier de Paix & de
      victoire,

Tu desire (40) mourir pour n'être plus
    mortel ;
Que le Ciel t'établisse un Trône dans la
    gloire
Et la Terre à ton nom LE SACRE (41)
    d'un AVTEL.

REFLEXIONS.

(38) Quel blasphême pour un Chrétien, de faire un Dieu de l'Huile de la Ste. Ampoule ! On le pardonneroit aux Ægiptiens qui divinisoient jusqu'aux plus viles creatures.
On defie tout le bon sens de trouver l'ombre de raison dans ces deux Vers.

Ses ambusches & son effort
Se verront au dessous de ce premier Domaine :

(40) L'Ecriture sainte nous apprend qu'il est arresté que tous les hommes mourront ; que leurs jours sont comptez, & que leur derniere heure est marquée. Les Roys étans fils d'Adam pecheur sont soumis à cette Loy, aussi bien que le reste des hommes ; & ce pendant à entendre discourir nôtre Iesuite, il semble qu'il est au pouvoir de Loüis XIV. de ne point mourir, ou de ne mourir que quand il le *desirera*. Basse

flatterie, qui n'eſt digne que d'un homme qui ſe rit du pechê Originel, ou qui en ignore les ſuites, dont la principale eſt la neceſſité de mourir.

(41) Il ne manquoit plus à l'impieté du Ieſuite que de *conſacrer un Autel* au nom du Roy qu'il avoit déja diviniſé en l'égalant à I C. c'eſt auſſi par ou finit ſa miſerable piece; & ſi nous l'en croyons, Loüis XIV. n'aura pas plûtôt les yeux fermez, que *la terre établira le Sacre d'un Autel à ſon nom*. Les anciens Romains parloient-ils autrement de l'Apotheoſe des Heros qu'ils mettoient au nombre des Dieux. On dira peut-être que je pouſſe trop loin la penſée de l'autheur, qui n'a rien voulu dire autre choſe, ſi non que le Roy étant canoniſé aprés ſa mort, on conſacreroit des Autels à Dieu ſous ſon nom, comme on luy en dedie tous les jours ſous le nom des Martirs. Mais l'expreſſion du Ieſuite n'eſt pas ſuſceptible de cette defaite, Puiſqu'elle porte qu'on conſacrera un Autel au nom de Loüis XIV. & non pas à Dieu ſous ſon nom.

CONCLUSION.

TELLE eſt la piece dont les Ieſuites de Reims regalerent un Roy tres-

Chrétien le jour de 'fon Sacre. Tout le monde conviendra fans doute qu'elle eft tres indigne du fujet pour lequel elle fût compofée. Il feroit difficile en effet d'en voir une plus pitoyable C'eft pourtant l'ouvrage du plus habile Poëte que les Iefuites euffent à lors. Y remarque-t'on rien qui réponde à l'idée de Maîtres de la Langue & des belles Lettres qu'ils ont d'eux-mêmes , & qu'ils tâchent de donner aux autres ? y trouve-t'on rien qui approche de ces belles Poefies qui étoient pour lors entre les mains de tout le monde, je veux dire des Poefies, des Godeaux, des Malherbes , des Raçans , des Corneilles &c. Le Iefuite Vavaffor a eu l'infolence d'infulter à celles de Mr. Godeau qui font eftimées de tous les bons connoiffeurs, par cette injurieufe queftion : *Godellus an Poëta ?* Mais n'auroit-on pas infiniment plus de raifon de demander icy : *Stephanus Macheret an Poëta ? an Chriftianus ?*

F I N

www.ingramcontent.com/pod-product-compliance
Lightning Source LLC
LaVergne TN
LVHW021640170726

843501LV00007B/2321